Clarita y el árbol de la sabiduría

Escrito por Debra Quercetti
Ilustrado por Carla Joseph
Traducido por Sandra Aranguren

Escrito por Debra Quercetti
Ilustrado por Carla Joseph
Traducido por Sandra Aranguren

Publicado por Miriam Laundry Publishing Company
miriamlaundry.com

También disponible en inglés y francés

PB ISBN 978-1-998816-13-2
e-Book ISBN 978-1-998816-12-5

PRIMERA EDICIÓN

 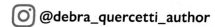

Para los niños de todas partes del mundo que brillan con un increíble entusiasmo por la vida.

Que escuchen sus propias verdades, crean en sí mismos y se conviertan exactamente en las personas que quieren ser.

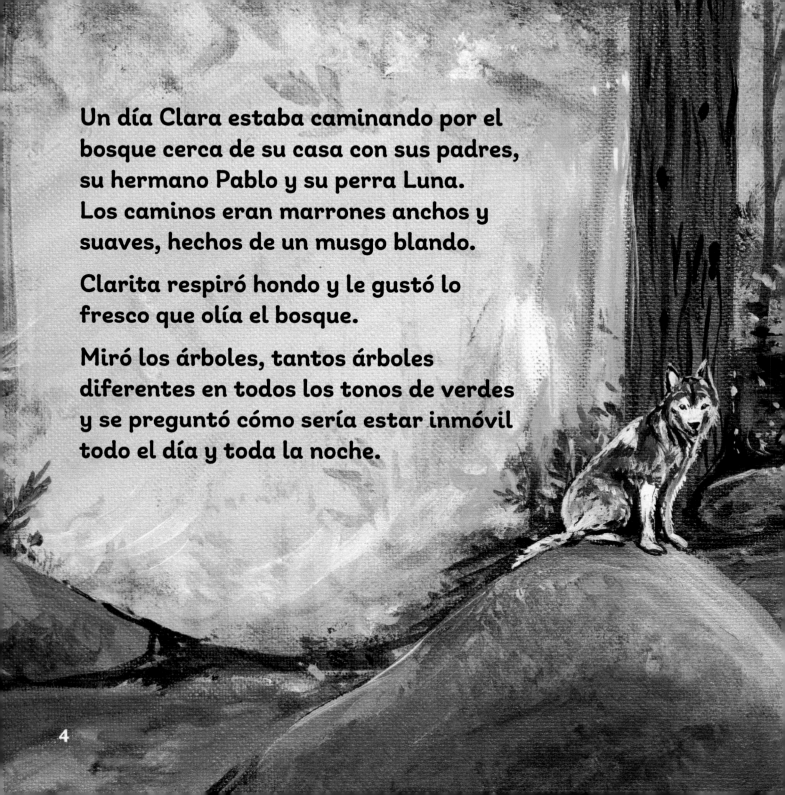

Un día Clara estaba caminando por el bosque cerca de su casa con sus padres, su hermano Pablo y su perra Luna. Los caminos eran marrones anchos y suaves, hechos de un musgo blando.

Clarita respiró hondo y le gustó lo fresco que olía el bosque.

Miró los árboles, tantos árboles diferentes en todos los tonos de verdes y se preguntó cómo sería estar inmóvil todo el día y toda la noche.

¿Alguna vez se cansaran?
¿Alguna vez se sentirán solos?

Clara vio un árbol viejo en descomposición, de pie en medio de un círculo de abetos gigantes muy saludables.

"¿Qué clase de árbol es ese?"

Su hermano respondió: "¡Es solo un árbol viejo muerto!"

Pero el padre de Clara dijo: "Es un árbol abuelo, probablemente de 1000 años y cuando muere cede sus nutrientes para sustentar a todos los árboles que lo rodean".

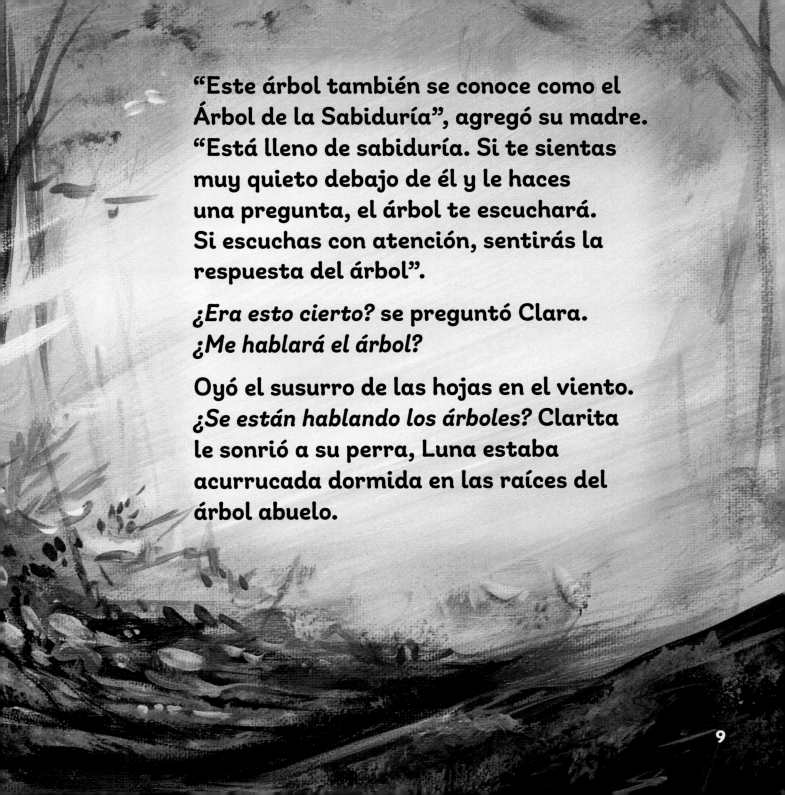

"Este árbol también se conoce como el Árbol de la Sabiduría", agregó su madre. "Está lleno de sabiduría. Si te sientas muy quieto debajo de él y le haces una pregunta, el árbol te escuchará. Si escuchas con atención, sentirás la respuesta del árbol".

¿Era esto cierto? se preguntó Clara. ¿Me hablará el árbol?

Oyó el susurro de las hojas en el viento. ¿Se están hablando los árboles? Clarita le sonrió a su perra, Luna estaba acurrucada dormida en las raíces del árbol abuelo.

Clarita pensó en el Árbol de la Sabiduría por el resto del día.

Esa noche soñó que estaba sentada tranquilamente bajo el árbol meditando y escuchando sus palabras de sabiduría.

Al día siguiente en la escuela había una chica nueva en la clase de Clara. Amelia tenía el pelo castaño, ondulado y ojos verdes brillantes. Obtuvo una calificación perfecta en su prueba de ortografía y puntos de bonificación por deletrear una palabra muy difícil.

Uno de los amigos de Clara la llamó sabelotodo.

A la hora del almuerzo, Clara dijo: "Vamos a pedirle a Amelia que se siente con nosotros". Una amiga voltea los ojos para arriba.

Otra niña dijo: "No voy a comer con la mascota de la maestra".

En su corazón, Clarita sabía que debía ser difícil para Amelia ser nueva en la escuela y quería encontrar una manera de hacerla sentir bienvenida. *Tal vez pueda pedirle una respuesta al Árbol de la Sabiduría.*

El próximo día era sábado.
Clarita se montó en su bicicleta,
los moños de cabello ondeaban
al viento mientras pedaleaba
hacia el bosque.

17

Cuando llegó al círculo de árboles, Clarita se sentó y se apoyó en el tronco del Árbol de la Sabiduría, tocó su corteza, cerró los ojos y escuchó a los pájaros.

Respirando lentamente, se imaginó a sí misma dentro del árbol. Olió la madera y sintió que las paredes circulares la abrazaban.

Podía escuchar al árbol tarareando una hermosa canción de cuna.

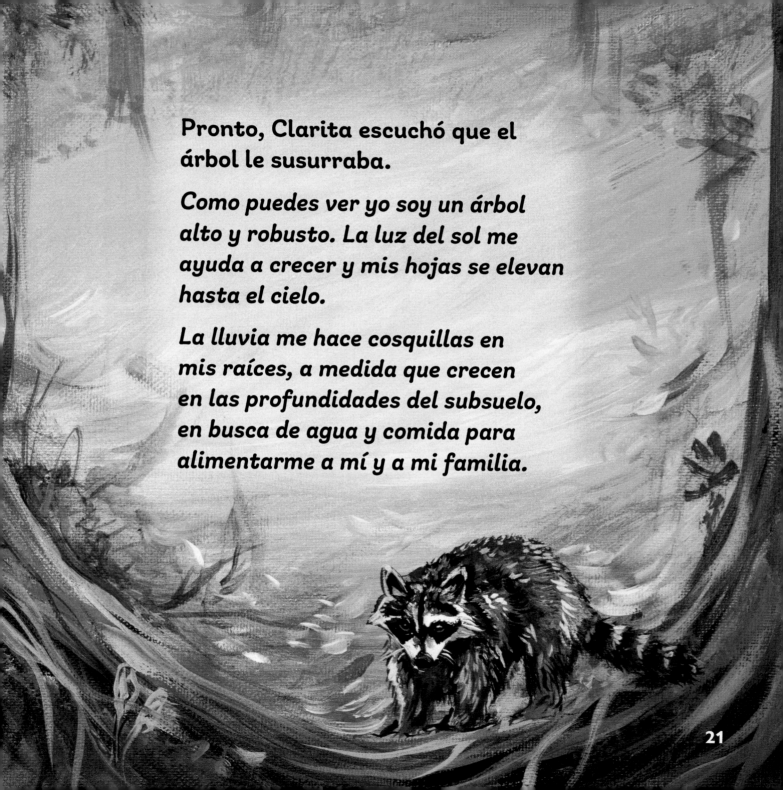

Pronto, Clarita escuchó que el árbol le susurraba.

Como puedes ver yo soy un árbol alto y robusto. La luz del sol me ayuda a crecer y mis hojas se elevan hasta el cielo.

La lluvia me hace cosquillas en mis raíces, a medida que crecen en las profundidades del subsuelo, en busca de agua y comida para alimentarme a mí y a mi familia.

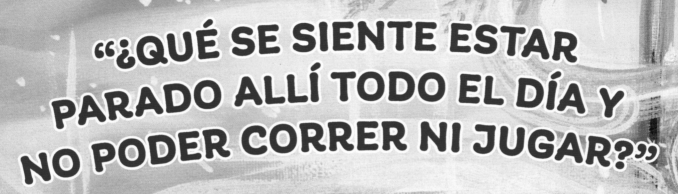

"¿QUÉ SE SIENTE ESTAR PARADO ALLÍ TODO EL DÍA Y NO PODER CORRER NI JUGAR?"

Es cierto que no puedo correr ni jugar.
Pero mis ramas se doblan con el viento
y a veces tocan los brazos de mis
hermanos y hermanas.

En el invierno es un trabajo duro sostener toda la
nieve y cuando se vuelve demasiada pesada, la dejo ir.
¡Ahí es cuando será mejor que no estés debajo!

"¿QUIÉN ES TU FAMILIA?"

Todos los árboles en este círculo son parte de mi familia. Ellos son mis hermanos, mis hijos y mis padres. Todos estamos conectados. Los arbustos, las hierbas y los musgos también son parte de mi gran familia. Los más grandes son nuestros árboles madres.

Al igual que yo, se aseguran de que los más pequeños sean alimentados y de que los mayores y los enfermos sean atendidos. Nos alimentamos a través de nuestros sistemas de raíces.

25

"¿ALGUNA VEZ TE SIENTES SOLO?"

¡Nunca! Además de tener mi familia de plantas, todas las criaturas del bosque viven felices entre nosotros. Las ardillas, los mapaches y las tamias (Chichimoco de Durango) juegan en mis ramas y los pájaros también anidan aquí. Los ciervos y las águilas son mis amigos. Me traen noticias de lugares lejanos. Y durante el día, disfruto de la gente caminando, corriendo o andando en bicicleta.

¡Mis momentos favoritos son cuando personas como tu papá me dan a conocer!

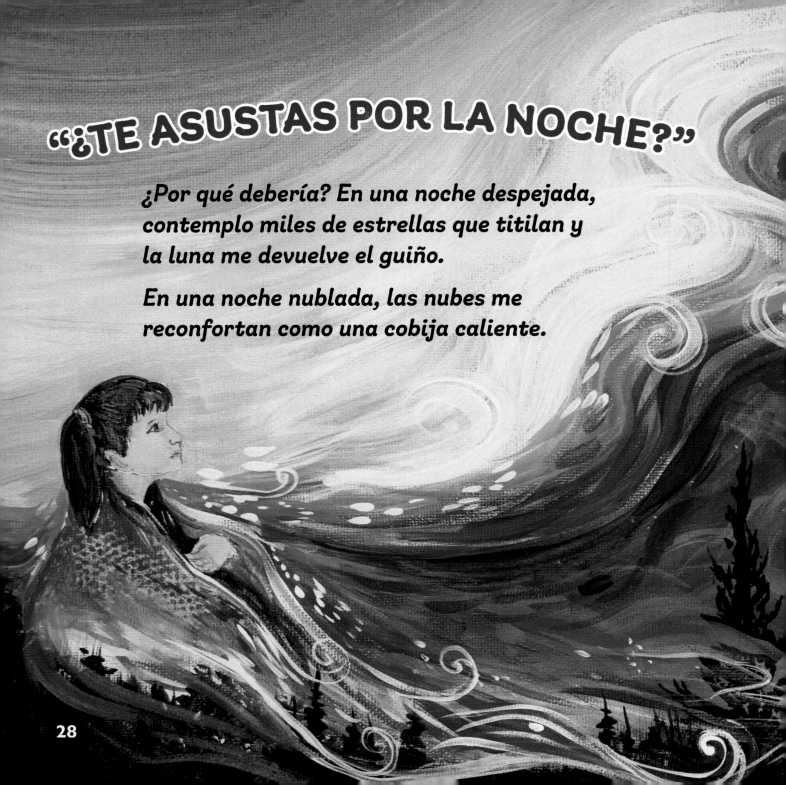

"¿TE ASUSTAS POR LA NOCHE?"

¿Por qué debería? En una noche despejada, contemplo miles de estrellas que titilan y la luna me devuelve el guiño.

En una noche nublada, las nubes me reconfortan como una cobija caliente.

Clarita pensó en Amelia.
Sintió que el árbol la
abrazaba con más ternura.

Clara, escucha
atentamente...

Soy un árbol muy viejo. En mi próximo cumpleaños cumpliré novecientos sesenta y tres años. He aprendido que todos estamos conectados. Yo soy parte de ti, y tú eres parte de mí. Soy la otra mitad de tus pulmones. El aire que exhalas me permite crecer y el oxígeno que transpiran mis hojas proporcionan la energía que tu cuerpo necesita para mantenerse con vida. No puedes vivir sin mí, ni yo puedo vivir sin ti. Todo lo que vemos está conectado de forma invisible. Los peces, las estrellas, las mariposas, las rocas cubiertas de musgo: todos somos parte entre unos y otros. Todos estamos vivos y juntos mantenemos nuestro planeta tierra en equilibrio.

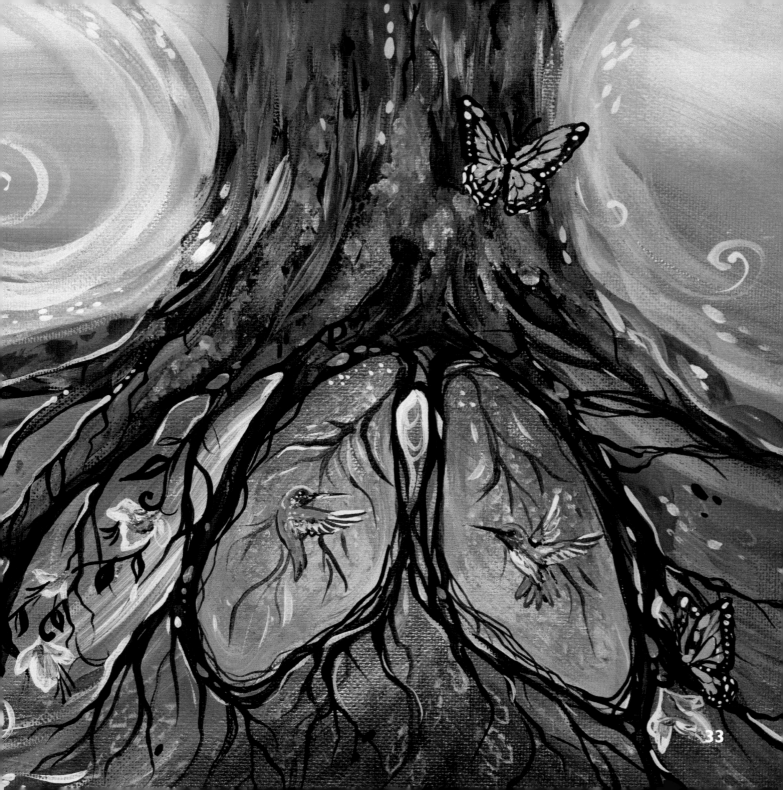

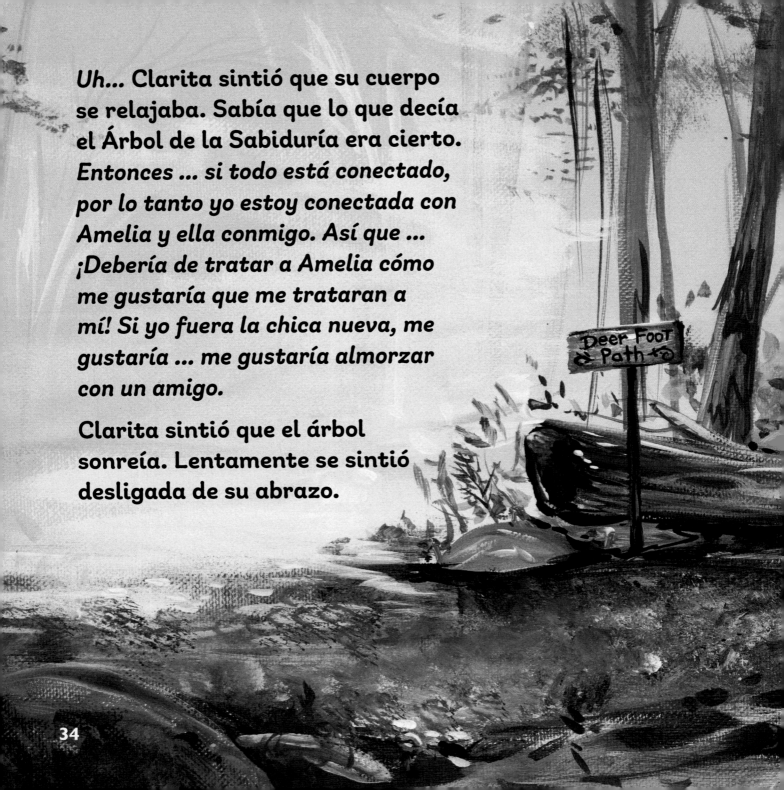

Uh... Clarita sintió que su cuerpo se relajaba. Sabía que lo que decía el Árbol de la Sabiduría era cierto. Entonces ... si todo está conectado, por lo tanto yo estoy conectada con Amelia y ella conmigo. Así que ... ¡Debería de tratar a Amelia cómo me gustaría que me trataran a mí! Si yo fuera la chica nueva, me gustaría ... me gustaría almorzar con un amigo.

Clarita sintió que el árbol sonreía. Lentamente se sintió desligada de su abrazo.

Deer Foot Path

Cuando abrió los ojos, vio a
Amelia andar en bicicleta
por el camino de Las Huellas
del Venado.

Amelia se detuvo a su lado y miró hacia el árbol de la sabiduría. Y ella preguntó "¿Sabías que los árboles pueden hablar?"

Clarita asintió con la cabeza. "¿Y sabes qué éste es el Árbol de la Sabiduría? ¿Sabes que los árboles son la otra mitad de nuestros pulmones?" Amelia sonrió y ambas chicas se rieron.

Y desde entonces, bajo el árbol de la sabiduría, Clarita supo que había encontrado a una amiga muy especial.

PARA LOS PADRES

Todos nosotros, especialmente los niños, nos beneficiamos de poder jugar y explorar. Muchos estudios muestran que el tiempo que se pasa en la naturaleza mejora el bienestar físico, mental y emocional. (Por favor consulte mi sitio web para obtener más información).

Enseñe a sus hijos a sentirse como en casa en la naturaleza para que puedan crecer y aprender. Cualquier momento es bueno para apagar el teléfono celular y disfrutar de los olores frescos de un bosque o parque cercano.

PARA LOS NIÑOS MÁS PEQUEÑOS

Con niños pequeños o de edad preescolar, simplemente comience a explorar. Mantenga las caminatas cortas y deje que el niño les dirija. Escuche a los pájaros y a las ranas; busque hongos e insectos. Vea y sienta las rocas cubiertas de musgo y las cortezas de los árboles. Huele todo. Ve con amigos y denle nombres a los árboles y plantas. Jueguen. Encuentren escondites, acuéstese o rueden por el suelo, ensúciense, suban a los troncos y salten en los charcos. Vuelvan a las áreas que sean familiares una y otra vez.

PARA LOS NIÑOS MAYORES

Haz que las caminatas sean apropiadas para su edad. Busque hongos y bayas, teniendo cuidado de no tocar ni comer nada que no sepa que es seguro. Determina si puedes ver rastros de pájaros carpinteros o excrementos de animales. Haz preguntas. Anime a sus hijos a dibujar lo que ven o calcar la textura de la corteza. Publícalo por toda la casa. Tome una foto de la misma imagen en cada una de las estaciones del año y compare las imágenes.

Siempre recuerda cuidar la naturaleza. Si hiciste un picnic, llévate la basura a tu casa. Nosotros nunca querríamos hacerle daño a los animales que viven en el bosque o en la hermosa naturaleza que nos rodea.

SOBRE LA AUTORA

Debra vive en Vancouver, BC con su perra Luna. Sus caminatas diarias en el parque Espíritu del Pacífico (Pacific Spirit Park) sirvieron de inspiración para este libro. Desde temprana edad ha estado enamorada de la naturaleza, caminando por el bosque o por las orillas de las playas de Vancouver, proporcionándole un agradable respiro de una vida ajetreada. Pasando tiempo en la naturaleza, especialmente yendo al bosque a menudo, proporciona un refrescamiento mental que, según Debra, es una habilidad importante para todas las personas en la sociedad acelerada de hoy. Debra cree que enseñar a las almas jóvenes a calmarse, escuchar y desear saber, es un aspecto importante para sus mentes en desarrollo. Ha estudiado mística y cree que la verdadera esencia de las religiones del mundo y los principios básicos de la bondad humana deben enseñarse a una temprana edad. Esta es la primera incursión de Debra en la literatura infantil. Ella espera seguir enseñando a través de más historias sobre *Clarita y el Árbol de la Sabiduría*.

SOBRE LA ILUSTRADORA

Carla Joseph es una artista Metis Cree nacida en Prince George, B.C. Carla recibió su llave para convertirse en artista mientras residía en el Consejo de Artes de la Comunidad de Prince George en 2016. Ganó el torneo Batalla de Arte (Art Battle) en el 2016 y el 2018.

Carla tiene su propio estilo único que muchas personas desean experimentar. Le encanta la forma en que hace sentir a la gente con su arte y la inspira a continuar con su don. A Carla le encanta desafiarse a sí misma asumiendo muchos proyectos diferentes, que pueden verse alrededor de su comunidad de origen y en todo Canadá.

Carla ha ilustrado 4 libros infantiles, más de 20 murales, logos y otros proyectos maravillosos.

SOBRE LA TRADUCTORA

Sandra Aranguren es una Canadiense - Venezolana que reside en Vancouver BC. La ilustración, educación y la traducción han sido su pasión a lo largo delos años. Con más de 10 años de experiencia siendo puente entre dos culturas diferentes a través de sus idiomas, asistiendo y apoyando a los autores en el proceso de traducción.

Siempre tratando de asegurarse de que los textos traducidos contengan el significado y el tono original para los oyentes.

Manufactured by Amazon.ca
Bolton, ON

34406783R00026